# ALEXANDER Y EL DIA TERRIBLE, HORRIBLE, ESPANTOSO, HORROROSO

## Judith Viorst

### ilustrado por RAY CRUZ

*traducido por Alma Flor Ada*

Libros Colibrí

Libros Colibrí
An imprint of Simon & Schuster
Children's Publishing Division
1230 Avenue of the Americas
New York, NY 10020
Text copyright © 1972 by Judith Viorst
Illustrations copyright © 1972 by Ray Cruz
Translation copyright © 1989 by Macmillan Publishing Company
First paperback edition, 1976
Second paperback edition, 1987
First Spanish edition, 1989
Also available in a hardcover edition from Atheneum Books for Young Readers
**Manufactured in China**

**30 29 28**

Library of Congress Cataloging-in-Publication Data
Viorst, Judith.
   [Alexander and the terrible, horrible, no good, very bad day.
Spanish]
   Alexander y el día terrible, horrible, espantoso, horroroso/
Judith Viorst; ilustrado por Ray Cruz; traducido por Alma Flor
Ada.—1st ed.   p.   cm.
   Summary: On a day when everything goes wrong for him, Alexander is
consoled by the thought that other people have bad days too.
   ISBN-13: 978-0-689-71350-7 (ISBN-10: 0-689-71350-9)
   [1. Humorous stories.   2. Spanish language materials.]   I. Cruz,
Ray, ill.   II.   Title.
PZ73.V58   1989   [E]—dc20
89-171111   CIP   AC
0710 SCP

*Para Robert Lescher, con afecto y gracias*

Me quedé dormido con un chicle en la boca y ahora tengo chicle en el pelo y cuando me levanté esta mañana me tropecé con el patín y se me cayó el suéter en el lavabo mientras corría el agua y comprendí que iba a ser un día terrible, horrible, espantoso, horroroso.

A la hora del desayuno Anthony encontró un modelo para armar de un carro Corvette Raya en su caja de cereal y Nick encontró un anillo de Agente Secreto Juvenil en su caja de cereal, pero en mi caja de cereal lo único que yo encontré fue cereal.

Creo que me mudaré a Australia.

Camino de la escuela la Sra. Gibson dejó que Becky se sentara en la
ventanilla. Audrey y Elliot también tenían ventanillas. Dije que me
estaban aplastando. Dije que me estaban asfixiando. Dije: Si no me dejan
sentar en la ventanilla me voy a marear. Nadie contestó nada.

Me di cuenta de que iba a ser un día terrible, horrible, espantoso, horroroso.

En la escuela, a la Sra. Dickens le gustó más el dibujo que hizo Paul de un velero que mi dibujo de un castillo invisible.

A la hora de cantar dijo que yo cantaba muy fuerte. A la hora de contar dijo que me había saltado el dieciséis. ¿A quién le importa el dieciséis? Me di cuenta de que iba a ser un día terrible, horrible, espantoso, horroroso.

Me di cuenta porque Paul dijo que yo ya no era más su mejor amigo. Dijo que Philip Parker era su mejor amigo y que Albert Moyo era el segundo de sus mejores amigos y que yo era sólo el tercero de sus mejores amigos.

Ojalá que te sientes en una tachuela, le dije a Paul. Ojalá que la próxima vez que te compres un helado doble de fresa, se te caiga el helado del cucurucho y vaya a dar a Australia.

Philip Parker tenía dos pastelitos en su bolsa de almuerzo y Albert tenía una barra de chocolate Hershey con almendras y la madre de Paul le había dado un trozo de brazo gitano con jalea y trocitos de coco encima. Adivinen a qué madre se le olvidó el postre.

Era un día terrible, horrible, espantoso, horroroso.

Ésa es la clase de día que era, porque después de la escuela mamá nos
llevó a los tres al dentista y el Dr. Fields sólo a mi me encontró una
caries. Regresa la próxima semana y te la empastaré, dijo el Dr. Fields.

La semana próxima, dije yo,
me voy a Australia.

Al bajar, la puerta del ascensor me pilló el pie y mientras esperábamos a que mamá trajera el carro Anthony me hizo caer en el fango y cuando empecé a llorar a causa del fango Nick me llamó llorón y

mientras estaba pegándole a Nick por llamarme llorón mamá regresó con el carro y me regañó por haberme enfangado y estar peleando.

Estoy pasando un día terrible, horrible, espantoso, horroroso, les dije a todos. Nadie me contestó siquiera.

Entonces fuimos a la zapatería a comprar zapatos de gimnasia.
Anthony los escogió blancos con rayas azules. Nick los escogió rojos
con rayas blancas. Yo los escogí azules con rayas rojas, pero entonces
el vendedor dijo: Se acabaron. Me hicieron comprar unos todos blancos,
pero no me van a poder obligar a usarlos.

Cuando fuimos a buscar a papá a la oficina me dijo que no podía jugar con su copiadora, pero se me olvidó. También dijo que tuviera cuidado con los libros que estaban sobre su escritorio y yo tuve muchísimo cuidado excepto con mi codo. También dijo que no hiciéramos tonterías con su teléfono, pero creo que llamé a Australia. Mi papá dijo que por favor no lo fuéramos a buscar más.

Era un día terrible, horrible, espantoso, horroroso.

En la comida había habas verdes y yo aborrezco las habas verdes.

En la televisión había besos y yo aborrezco los besos.

El agua del baño estaba demasiado caliente, me cayó jabón en los ojos, se me fue una bola de cristal por el desagüe y me tuve que poner las piyamas de trenes. Aborrezco las piyamas de trenes.

Cuando me acosté Nick me quitó la almohada que me había dicho que era para mí y la lamparita del Ratón Mickey se fundió y me mordí la lengua.

El gato quiere dormir con Anthony y no conmigo.

Ha sido un día terrible, horrible, espantoso, horroroso.

Mamá dice que algunos días son así.

Inclusive en Australia.